그
때
부
터   사
     랑

그때부터
사랑

김유진 시 ― 박윤아 그림

라임북

1부 。 너의 마음 한 올

2부 ﹒ 잠깐 닿은 너의 체온은

3부 。 너는 예상 못한 바이러스

4부 。네가 있어 우리는

1부.

너의 마음 한 올

내가 제일 좋아하는 너

나는 네 손이 제일 좋더라
한 번만 잡아 보고 싶더라

낮은 목소리
단정히 수그린 어깨가 좋더라

골똘히 생각하는 표정
밥 먹는 얼굴도 좋더라

뭐가 좋지 않을까

빨갛게
볼에 튄
짬뽕 국물조차

말할까 말까
닦아 줄까 말까
귀여워 보이는 걸

심장과 심장의 거리

아빠와 1.5미터
엄마와 1미터
베프와 30센티미터

나란히 걷는
너와 나의 거리는

발걸음 흔들리다
어깨 살랑 부딪히고
손등 살짝 몸을 스치면

놀라 멀어졌다
이내 가까워져

너랑은 거리가
없으면 좋겠어

손 꼭 잡고
딱 붙어서
걸어가고 싶어

머리카락

소맷자락에 붙은 나의
긴 머리카락 한 올을
살며시
떼어 내 주었지

그걸 버리지 못해
만지작거리는 걸

못 본 척했지만

그때 난
처음으로 봤어

가냘프고
여리게
내게로 이어진

너의 마음
한 올

좋아하니

나를 좋아하니?

- 응, 너를 좋아해
- 아니, 너를 좋아하지는 않아

투명하게 말해 줘

나를 좋아한다면
좋아하는 사람으로

나를 좋아하지 않는다면
좋아하지 않는 사람으로

좋아할게

네 대답이 있기 선엔
좋아할 수가 없어

맞춤형 인간

너, 고슴도치라면

나, 선인장 될게
성게 될게

네 가시 사이사이
내 가시 조심히 맞추어
살며시 안아 줄게

네 가시 자르지 않고
나를 갑옷으로 두르지 않고
멀찍이서 쿨하고 성숙한 척하지 않고

내가
선인장 되고
성게 될게

닿으면 빵, 터지는
풍선은 되지 않을게

출렁임

널 만나고
돌아오는 길

나는 또
며칠을
출렁이려나

책을 펴고 널 읽는다

책을 펴고
널 읽는나

네가 했던 말들
그때
너의 얼굴과
몸짓을
다시 읽는다

넌 그런 생각을 하는구나
넌 그런 표정을 짓는구나
넌 그렇게 생겼구나

같은 부분을
읽고
또 읽어

책은
한 장도
넘어가지 않는다

너를 좋아하는 이유

쌍꺼풀 없어서
목소리 좋아서
교실 청소 열심이어서

처음부터 너를
좋아하게 된 이유야 있지

듣는 음악 똑같아서
매일 카톡으로
일어났어? 잘 자, 인사해서

점점 너를
좋아하게 되는 이유도 많지

그래도 궁금해
이상형도 아닌 네가
왜 좋은지

하늘 아래
너와 나
어떻게 서로
좋아할 수 있는지

오늘의 일과

오늘 할 일은
첫눈 오는 걸
가장 먼저 보는 일

저만치 날리는 게
먼지일까
눈일까
눈을 비비며

눈이 오나
.
.
눈이 오나
.
.
.
눈아 내려라

온종일 창밖만 본다

첫눈 오는 걸
가장 먼저 알려 주는 사람
나이고 싶어서

층간 소음

카톡!
…
카톡!

핸드폰
확인할 때마다

내게 온 연락
없는데

간절함이 만든
환청 같다

윗집에서 울리는
문자 알림음

가장 괴로운
층간 소음

편의점에선

삼각 김밥 먹을 땐
따뜻한 유자차
같이 사 먹어

컵라면에
구운 달걀 하나 넣고
뜨거운 물 부으면
포슬포슬해져

초코바나
크래커 사서
가방에 넣어 다니고

돈 없다
굶지 마

생일 선물
안 사 줘도
진짜 괜찮아

머그컵의 온도

미안해
아직 좀 뜨겁지?
호호 불어 봐

여전히 뜨겁다면
조금만 기다려 줘

네 가슴에
딱 알맞게 따뜻한
온도 될 때까지

차가운 게 좋다면
얼음 넣어도 돼

내 가슴
많이 시리겠지만
꾹 참을게

나는 사랑한다 고로 존재한다

바보 같은 일이야
시간 낭비
에너지 소모라구
그러느니 공부를 하겠다
학칙 위반이야
골치 아프게
벌점까지 받으면
어쩌려고 그래?
나에게 집중해야 해
지금은 때가 아니야
대학 가서도 충분해
외로웠나 봐
질서를 다시 잡아야지
정신 차리자
결국엔 다 변할 걸

아무리 의심하고
회의해도
마지막 남는 단 하나

내가
너를
사랑한다는 사실

사춘기

봄 생각이 나

움트고
꽃 피고
쑥쑥 자라는

몸이 봄인 걸

커플룩

스타킹은 검정색만 신으라면서
검정 속옷은 왜 안 되나요

요즘 유행은 루즈핏, 모르세요
재킷도 치마도 왜 이리 몸에 붙고 짧은지

체육복은 또 반대야
쫙 달라붙는 레깅스에 탱크탑이 편한데
헐렁헐렁 거추장스러워라

나, 남친이랑 커플룩이라도 할래요
교복 치마 말고 교복 바지

남자가 됐다

잘생긴 남자는 눈에 안 들어온다
예쁜 여자에게 눈길이 머문다

너를 좋아하고부터
너란 남자의 눈으로
여자들을 스캔한다

차갑고 도도한 여자가 이상형이랬지
숏 컷에 오똑한 코, 끝이 올라간 얇은 입술
저런 스타일일까

화끈하게 자른 치마
새빨간 립틴트에 끌릴까
야한 여자 싫댔지만 힐끔힐끔 쳐다보던 걸

페미니스트 언니를 꿈꾸었는데
평범하고 평범한 남중생이 되었다

외모 말고 내면을 보라, 외치고 싶다
다시 내가 되어
잘생긴 남자에게 눈 돌리고 싶다

오빠

고작 두 살 차이인 걸
오빠라 불러 주는 게
저리 좋을까

말끝마다
오빠가…
오빠가…
그리 말하고 싶을까

나이가 벼슬인가
성별이 계급인가

존댓말 시키지 않는 걸
고마워하라고?
됐거든!

컵라면 위 문제집

배고픈데 라면 먹자

독서실에서 밤늦도록
기말고사 공부하다
맞은편 네게서 날아온 문자

컵라면 두 개 뜯어 물 붓고
맛있게 포옥 익으라고
가장 두꺼운 문제집 골라 와 덮었다

여기 실린 많은 문제가
컵라면 덮개만큼 쓸모 있을까
문제집은 책장에 꽂힌 후
오늘 가장 중요한 일을 했다

후룩 후룩 후루룩
화학 조미료고 성장기고 공부 체력이고 뭐고
국물까지 싹 비웠다

너랑 같이 먹는 밤참은 정말 배부르다

"숨 막히고
답답하고
하나도 좋은지 모르겠던데."

"답답이 아니라 달달!
달콤한 첫 키스는 비유가 아님.
묘사야 그건.
키스를 오래 하고 있으면
침이 달고 맛있어지는 순간이 오거든."

"그치, 그치
어린이나 먹는
사탕, 껌에 비할 바가 아니지."

다음 시간 교과서
슬슬 펴는 척
귀를 쫑긋
언제 맛볼까 첫 키스

'힘내'가
어깨 토닥이며 살며시 등을 쓸어 줘

'보고 싶어'가
가슴 지그시 누르며 나를 안아 줘

'잘 자'가
보드란 이불을 목까지 올려 덮어 주고
이마와 뺨을 쓰다듬어

'사랑해'가
내 허리를 끌어안고 살풋, 윗입술에 입을 맞춰

너의 말이
한없이 엷어진 내게 닿는
너의 손길이 되어

봄날의 공원

개네 둘이 좋아하는 거 어떻게 알았냐고?

저길 봐

벗나무 아래 탁자에 마주 앉은 두 사람
어깨를 앞으로 한껏 서로에게 기울인 거

돗자리 위에 선 아기 아빠
보물처럼 아기 품고
살랑살랑 봄바람으로 흔들리는 거

봄이 나무에 들어가면 연두 배어 나오듯

마음은 몸짓으로 스며 나오니

가까이

네 손을 잡은 날
가슴 깊이 네가 들어오고

네 어깨를 감싼 날
심장 가까이 네가 밀려왔어

잠깐 닿은 너의 체온은

오래도록 나를
너로
물들이니

네 손을 쉽게
잡을 수는 없어

내게 집을 주세요

꿈꾸지 않을게
사월 보름달 아래 배꽃나무
파도가 소리 삼키는 밤바다
몸짓마다 바스락거리는 갈잎 무덤
목화솜 이불 깔아놓은 두툼한 눈밭… 따윈

우리 집 매일 자는 내 방 속옷 널부러진 침대
내 머리 냄새 묻어나는 베개 위에

너의 체취와
혀가 할 수 있는 많은 말이
남을 수 있다면

딴생각

네 앞에 얌전히 앉아
때때로 고개 끄덕이고
응, 응
맞장구쳐 주지만

머리는 텅 비어
딴생각

테이블 위에 놓인 그 손 잡고 싶다
머그컵을 쓰러뜨리지 않게 조심,
재빠르게 네 목을 두르고 싶다
두 손으로 양 볼 살포시 감싸안고 입 맞추고 싶다

기쁘고 신나고 슬프고 화난 너의 이야기에
귀 기울이는 사람이 되어야지 생각했는데

맨날
딴생각

생리는 귀찮다
결혼도 안 하고 아이도 안 낳을 건데

남자가 싫다
바바리맨과 성추행범이 어디서 나타날지 모른다
밤길에는 귀신을 무서워하는 게 낫다

인간이 무성생식 한다면
세상은 평화롭고 한가해질 텐데

키스를 포기할 수 없는 게 문제다
참새 같은 너의 혀는
심장 밑바닥까지 흔들어 놓으니
대체 불가능하다

아메바처럼 홀로이고 싶지만
붙어 버렸다 너의 세포에

처음엔 부모님 맨날 싸우고 친구 없고 외톨이라 해
(불쌍하고 신경 쓰이고 잘 해 주고 싶지)
자기 시 보여 주며 네 시 보자 할 걸
(작품 감동이고 재능 있다 격려하면 완전 소울 메이트 만
난 기분)
실은 처음 본 순간 뽀뽀하고 싶었다 말할 거야
(속도 내려는 도박이지. 불쾌해 하고 끝낼까 정말 사랑하
나 싶어 달뜰까)
마지막 실행은 고전적이야 단 둘일 때 어떻게든 스킨십 하
는 거
(고전이 고전인 건 이유가 있어)

암컷 앞에서 색색 날개로 춤추고 지저귀는 수컷 새 같은
짝짓기 수법이라 보면 돼
내게도 이전 여자 친구들에게도 죄다 똑같았던 기술
(고만 우려먹고 새 기술이라도 개발했으련)

수컷의 구애를 승낙하든 말든 네 사정이지만
알고나 있으라고
연애다 인연이다 사랑이다 운명이다 오해하진 말라고

3부。 너는 예상 못한 바이러스

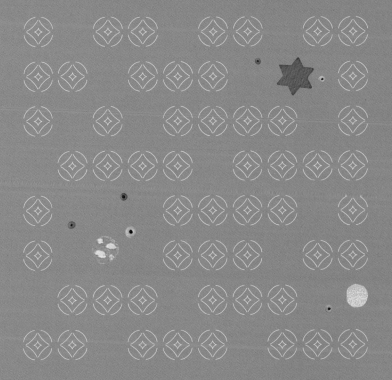

자판기

지친 날에는
시럽 듬뿍 넣어 주고

우울한 날에는
우유 크림 하트 그려 주었어

최고급 원두 공수하고
생 딸기 쥬스, 모과차, 핫초코 준비해 뒀어
기분 따라 날씨 따라 입맛 따라

그런 나를 자판기로 여길 줄이야

누르기만 하면 나오는
자판기로 대한다면

자판기는 자폭할래

오늘부턴 셀프야

뒤늦은 사과

미안해, 우리 집 근처에서 학교 가자 기다리던 널 못 본 척 지나쳐서 어떻게 찾았니 낡고 작은 우리 집 산뜻하게 숨겼는 데 내 생일이었고 네 손엔 빨간 장미 한 송이 들려 있었지

나 감기 걸려 시험 준비 못할 때 네 엄마에게 부탁한 과일 도시락 리본 달린 다섯 개 플라스틱 박스의 자몽, 망고, 골드 키위, 체리, 블루베리 화내며 한두 입 먹고만 것 미안해 네 엄마가 날 몰랐으면 했어 싫어할까 무서웠거든 리본 박스에 담긴 한 입 크기 외국 과일, 딴 세상 음식이었어

너무 늦게 미안하다 해서 미안해 줄기 꺾인 장미, 시든 과 일 되는 기분 이제 알아 잘라내지 않으면서 밀어내는 마음 되받고 있거든 어떡하면 좋을까 네게 나쁜 사람이던 나와 똑같이 구는 저 애를

헤어지기 좋은 날

월요일은 피곤하니까 이야기에 집중할 수 없어 안 돼
화요일은 학원 가야 해서 안 되고
수요일은 생방송으로 꼭 봐야 할 프로그램이 있어
목요일도 학원 가야 하고
금요일은 조용한 까페가 없을 텐데
토요일은 가족이랑 놀러 가기로 했어
일요일은 성당 가야지

헤어지기 전 마지막으로 만나 이야기하기로 했는데

헤어질 수 있는 날이 없네

시원하게 안녕

삐진 게 아니라
화난 거야

남자끼리도 삐졌다 말하니

예민하다 하지 마
한참 들여다 본 내 마음이야

마음에 귀 막으면 무슨 말이 남을까

제발 쿨하게,
쿨하게 좀 사귀자니
사랑이 어째 차갑니

네 손길은 무더위처럼 끈끈한 걸

알았어
그럼 우리 헤어지자

시.원.하.게.

안녕!

시한부

나와 조합해
훌륭한 후손을 남길 수 있는 유전자 발견하면
도파민 페닐메틸아민 세로토닌 노르에피네프린이 분비
되는 게
사랑이래
각성제를 복용한 뇌와 똑같대
호르몬이 체내 각성제인 셈이지

호르몬 분비 멈추는 때가
사랑의 종료 시기래
기한은 최장 18개월에서 30개월
차이가 난대

그때까지만 견디면 되겠네
설렘 떨림 두려움 그리움 간절함 쓸쓸함 수치심 불면증 소
화불량 질투 불면증 기쁨과 슬픔 무기력 우울 분노 환희 흥
분 외로움 희망과 절망 모두
그때가 되어 사라진다면

시한부라니,
행복해

고장

핸드폰 번호 지우고
페이스북 친구 끊어도

너는 여전히 저장되어 있다

삭제 버튼 누르고
휴지통에 넣지만

매번 다시 불러오게 된다

기억 장치는 온전한데
리셋 버튼만 망가졌다

리셋… 리셋… 리셋…
아무리 눌러도 응답 없다

너는 예상 못한 바이러스
백신도 없이 나는
고장 나 버렸다

증거

너와 나의 비밀 문자
너는 친구들에게 퍼 나르고
웃음거리 만들었다

너 보고 싶을 때
네 얼굴 보듯 읽고 또 읽어
외우게 된 문장들

이제 지운다
너와의 문자
네 핸드폰 번호
너

부탁이니 너는 제발 오래오래
그 문자들을 저장하고 있으렴

혹시라도 나의 말들이
내 사랑의 증거로 보이는 날

네 범죄의 증거를 확인하게 될 테니까

바람둥이 고발장

바람둥이를 고발합니다

바람둥이는
사람 마음 훔치는
절도범입니다

절박하게 다가와
허튼 약속 이끌어 내는
사기범입니다

마음의 상처 따윈
안중에 없는
폭력범입니다

범죄자인지 뻔히 알고도
번번이 피해자가 되어
또다시 고발장을 씁니다

범죄 경보를 올립니다

바람둥이를 조심하세요

24시간 순댓국

편의점 컵라면 대신
24시간 순댓국집에서 야식을 먹으면
어른인 걸까

저녁으로 친구랑 둘이 분식 3인분 시켜 먹고
아이스크림에 수다까지 얹었어도 배고픈
밤 열한 시

가로등보다 환한 유리벽 식당에서
안경 너머 눈망울 까만 언니가
호록호록 순댓국 먹는 걸 보니
당당하게 문 열고 들어가 옆자리에 앉고 싶다

- 언니, 나 못된 남친 차 버렸는데 왜 배가 고플까

24시간 순댓국집에서
늦은 저녁을 먹는 어른은 알까

못된 남친 같은 건 24번씩 차 버리고도
24시간 멀쩡히 지내며
순댓국에 밥 말아
깍두기까지 우적우적 먹을 수 있는 방법

다시는

수행평가 모둠 과제 내게 미루며
감 놔라 배 놔라 대추까지 내 놓아라
제사상 차리라던 옛 남친

지난 주 헤어진 후 인간이 달라졌다
제 몫 다하고
실수에 사과까지 하네?

수행평가 점수는 잘 받고 싶나,
비열한 놈
생트집 잡고 화낸 거 뒤늦게 미안한가,
나쁜 놈
혹시 나랑 다시 사귀고 싶나,
멍청한 놈

이제 정말…
아무 사이 아니란 건가…

수행평가보다 그게 더 고민이다가
에잇, 도와주나 봐라
앞으로 사랑하는 남자가
아무리 애원하고 협박해도

밥 사 주고 옷 사 주고 자 달라면 자 주고
밥 해 주고 옷 빨아 주고 자식 낳아 길러 주고

다시는 안 한다
다시는

지옥은 사랑의 부재

보고 싶다…

보고 싶다…

보고 싶다…

네가
없다
아니
너는
있지 않다
너는
있지 않은 상태로
늘
내게
있다

지옥은
신의 부재*
신이 존재하는 걸 알지만
만날 수는 없다

부재로
존재하는
너

나는
지옥에
있다

● 테드 창의 단편소설

큰 곰 인형이 들려주는 이야기

소년의 사랑은 세상에서 가장 커서
큰 곰 인형, 바로 나를 선물한댔어

소녀는 자기 방에 사랑을 들였지

소녀가 내게 등을 기댄 채
소년과 전화하는 목소리 따뜻했는데

어둔 밤 골목길에 버려져
비까지 맞으니 너무 추워

가로등 주홍 불빛에
젖은 털 보송보송 말려
붕- 밤하늘로 떠올라 볼까

북극성까지 이어진
큰곰자리 별로 빛나며
길 잃은 사랑 밝혀 주게

밥 앞에선

싸우고 미운 사람도
밥 먹는 거 보고 있으면
미운 마음 싹 가신다

밥만 내려다보며
부지런히 밥술 뜨고
불룩 솟은 볼
우물거리는 거 보면
미운 마음 꿀떡 넘어 간다

미운 사람도 밥 먹는 건 예쁘다

사랑하는 사람은 밥 먹는 게 가장 예쁘다

4부 。

네가 있어 우리는

만남

마음이 아플 때에야
마음이 있다는 걸 알아

마음이 기쁠 때에야
마음이 있었지 싶어

네가 있어
내 마음을 느껴

내 마음을 느낄 때
너와 만나

피그말리온에게

나를 사랑하지 마세요
나에게 입 맞추시 마세요

나는 조각상이 아니거든요

나의 숨결과 살결
맥박과 핏줄 보이지 않나요

원하는 대로 나를
만들지는 못할 거예요

꿈꾸는 대로 내가
되기는 싫어요

생각대로 이루어졌다
노 한 번 믿어노

그건 내가 아니에요

나와 봐

이리로 나와 봐
그늘에 있지 말고
꽃이 피었어
그래, 한 발짝 한 발짝
햇살이 좋지?
놀라지 마
그림자야
그늘에 있을 땐 못 봤지?
그늘이 그림자를 감췄으니까
햇살 밝을수록
그림자 어둡지만
겁낼 필요 없어
그림자도 나인 걸
햇빛 향해 걸으면
뒤를 졸졸 따라올 테니
내버려 둬
햇빛 등지지 않고
햇빛 보고 걸으면 돼

나 줘라

보라 색연필 너무 예쁘다
나 줘라

목도리 처음 보는 거네
나 줘라

필통 나 줄래?
내가 새로 사 줄게

저렇게 욕심 없어 어찌 살겠냐
부모님께 핀잔 듣는 내가
네 앞에선 욕심쟁이

네 물건이라도 지니고 싶은 거지
네 온기 날아갈까 호-호- 불어가며

네 물건이 아니라
네 맘을 갖고 싶은 거지

나 줘라

세상에서 가장 작은 선물

네 방은 너무 작으니
세상에서 가장 작은 선물을 줄게

나만큼 크고 뚱뚱한 곰 인형 같은 건
누울 자리 비좁게만 할 테니

책상 위에서
늦은 밤
홀로 앉아 있는 너와
잠시 눈 맞출
엄지손톱만 한 유리 인형을 줄게

네 방이 점점 작아지고
이리저리 옮겨 다녀도

짐이 되지 않아
버릴 필요 없는

작은 마음을 줄게

옷장을 열면

처음 만났을 때
입고 있던 옷 기억 나

내가 나를 돌아보게 하던
너의 특별했던 시선

두 번째 만났을 때
입고 나간 옷 기억 나

무심한 듯 평범하면서
말끔해 보이고 싶던

세 번째 만났을 때
골라 입은 옷 기억 나

예쁘게 보이고 싶지만
그 맘 들킬까 조심스럽던

콩깍지

콩깍지는 콩깍지
사랑이 아니야

콩깍지를 벗어야
그때부터 사랑

또렷한 눈망울로
바라보고도

콩알만 한 뾰루지
어루만진다면

그때부터 사랑

네가 없다면

교실 창문 흔드는 포플러 나무 이파리

바람 없다면
나무는 꼼짝 못하고 섰겠지
나무 없다면
바람은 춤추지 못했겠지

학원 돌아오는 길 밤하늘 보름달

해 없다면
달은 빛을 잃었겠지
달 없다면
해는 홀로 타다 사그라졌겠지

너와 나는 만났지

나를 자꾸 잃어버리는
학교에서
학원에서

네가 있어
우리는

내가 될 수 있지

라라

1.
가장 친한 친구 이름은
라라였다

시계 소리 철컥이는 집
쉬는 시간 삐걱대던 교실

라라를 불러 애기하면
잠잠해졌다

2.
어느 날 라라가 떠났다
라라의 집은 여기인데
라라도 어디론가 갈 수 있구나

3.
작별 인사 못한 라라가
새 친구를 보내 주었다

그 아이 집은 여기가 아니고
교실에는 그 아이 번호가 있지만

나는 그 아이와
어디를 가든 같이 있고
무얼 하든 함께 한다

그 아이 눈처럼 보고
그 아이 생각처럼 생각한다
라라가 그랬던 것처럼

나는 라라를 상상했고
나는 그 아이를 사랑한다

돋보기

햇볕을
돋보기로
작은 점 하나에
모으면

불이 붙지
새카만
연기 내며
종이를
태워 버리지

햇볕이
골고루
비추어야

꽃 피고
바람 불지

돋보기가 만든
작은 점 하나에
갇히지 않아야

햇볕은
햇볕이 되지

내가 그의 이름을 불러주었을 때 그는 꽃이 되었다*

예고 없이 너의 이름 만날 때마다 놀라 두근거려 죄지은
사람마냥 무심결에 너의 이름 노트 구석에 쓰고 또 쓰는 나
를 발견해 언젠간 컴퓨터 앞에 턱 괴고 멍하니 앉았는데 눈
길로 자판을 치고 있더라 네 이름 석 자를

너의 이름이 네가 되어 걸어 와

부르지 않아도 꽃으로 피어

● 김춘수의 시 「꽃」에서 인용

축 생일

오늘이 없다면 어쩔 뻔 했니

우린 만나지 못했고
너는 태어나지 않았겠다

부모님이 널 낳아 정말 다행이야
너의 부모님
의 부모님
의 부모님…께 큰절하고 싶다

같이 촛불 끄고
케이크 자르고 나면
꼭 안아 줘야지

넓고 띠스하게 자란
네 어깨에
내가 안겨

울고 있는 너의 어린 아이
토닥여 줄게

사랑에서 태어나고

엄마 아빠가
꼬옥 안은 밤
내가
태어나고

우리 집 나비가
죽은 날
눈물이
태어나고

너와 다투면
어둠이 태어나고
다시 만나면
환한 빛 태어나고

세상 모든 건
사랑에서
태어나고

사랑할 때 나는 다른 사람이 됩니다. 일부러 애쓰지 않아도
'나'라는 경계가 사라집니다. 내가 사랑하는 존재와, 그와
나를 둘러싼 온 세계로 내가 한없이 확장됩니다.

내가 아니게 되면서 나로서 살아 있음을 느끼는 이 신비를,
나는 오직 사랑에서 얻습니다.

나를 지켜 내기도 힘든 이 시기에, 나를 허물어뜨리며 내어
놓는 사랑은 어리석은 일일지 모릅니다.

하지만 사랑은 나를 발견하고, 성장시키고, 변화시키는 기회이기도 합니다. 그런 기회는 예상 외로 흔치 않습니다. 사랑은 그럴 용기와 능력을 줍니다.

사랑을 해요. 스스로에게 비겁하지 않게, 책임 있게.
모든 것을 바라요. 다른 사람이 만든 틀에 갇히지 말고 나 자신, 그리고 이 세상을 탐험해요. 사랑의 힘으로.

김유진

시 김유진

1977년 서울에서 태어나고 진해에서 자랐습니다. 서강대 국어국문학과와 신학대학원을 졸업하고 인하대 한국학과 박사 과정에서 아동문학을 공부했습니다. 제1회 창비어린이 신인문학상 동시 부분을 수상하고, 『어린이와 문학』에서 동시를 추천받았습니다. 제4회 창비어린이 신인문학상 평론 부문을 수상했습니다. 동시집 『뽀뽀의 힘』이 있고, 그림책 『밤 기차를 타고』 『이불을 덮기 전에』 『오늘아, 안녕』에 글을 썼습니다.

그림 박윤아

이화여대 디자인대학원에서 시각 디자인을 공부하고, 여러 가지 재료를 사용한 재미있는 그림 작업을 하고 있습니다. 『토리의 보물찾기』 『우리 집』 『무엇이 될까?』 『웅가대장 동이』 『몰라씨의 큰바위 소동』 등에 그림을 그렸습니다.

그때부터 사랑

초판 발행 2018년 11월 9일
재판 발행 2022년 6월 24일

김유진 시, 박윤아 그림

펴낸이 김덕균   펴낸곳 라임북
편집 이지혜 조수연   디자인 박재원   관리 권문혁

출판등록 제10-2296호
주소 서울시 마포구 월드컵북로5가길 17 3층
전화 02-326-1284   전송 02-325-9941

ⓒ 김유진, 박윤아, 2018

ISBN 979-11-5676-099-3 43810